꽃사과나무
그늘 아래의 일

시와소금 시인선 · 146

꽃사과나무
그늘 아래의 일

표현시동인회
제29집

시와소금

코로나-19가 3년째 우리 삶을 지배하고 있다. 여전히 행동과 사고는 자유롭지 못하다. 만남에 대한 불안한 심리는 몸과 마음의 거리를 좀처럼 좁히지 못하고 있다. 자주 만나던 얼굴도 제대로 만나지 못하고 유배 아닌 유배의 삶을 사는 셈이다.

그러나 우리는 모질게 견뎌냈다. 창작의 의지는 불꽃처럼 살아서 2020년엔 『하루는 먼 하늘』을, 2021년엔 『용서하고 용서받는 가을입니다』를 펴낸 바 있다. 그리고 그해 12월, 하주골에서 작지만 알찬 출판기념회를 마련했다. 또한 이날, 임동윤 동인의 제10회 녹색문학상 수상과 한승태 동인의 제1회 실레작가상 수상을 축하하는 난화분 증정이 있기도 하였다.

올해는 김창균 황미라 동인 특집으로 제29집 『꽃사과나무 그늘 아래의 일』을 펴낸다. 지난 3년간 코로나 팬데믹으로 모든 만남은 극도로 제한되어 우리는 아무것도 할 수 없었다. 소외와 단절의 어려움 속에서도 우리는 작품을 만드는 일에 충실하였다.

아직도 코로나로부터 우리는 자유롭지 못하다. 그렇지만 우리는 알 수 없는 불안 속에서도 우리의 창작의 의지를 불태운다. 올해는 창립 53주년이다. 동인 중 몇은 문단에서 원로가 되어간다.

그러나 간과할 수 없는 것은 시 창작에 대한 열망과 이를 실천하는 의지다. 나이는 허수에 불과하다. 여전히 우리에겐 색색의 바람이 불고 있다. 아직 가만히 있기엔 할 일이 많다.

어디선가 대숲 흔드는 바람이 분다. 무언가 다시 시작해야겠다. '시적 발견과 낯설게 하기'를 올해의 명제로 내건다.

시여, 우리 表現詩여, 영원하라!

— 「표현시동인회」 회원 일동

| 차례 |

제1부 ‖ 동인 조명

| 김창균 시인 |

• 신작 시 | 4월 외 4편 ___ 011

• 자선 대표시 | 가루가 된 말 외 4편 ___ 017

• 시인의 말 | 나는 북쪽을 편애한다 ___ 023

| 황미라 시인 |

• 신작 시 | 애호박 외 4편 ___ 029

• 자선 대표시 | 밥 먹었너? 외 4편 ___ 036

• 시인의 말 | 시를 쓴다는 거 ___ 043

제2부 ‖ **접경지, 생명 詩**

· 김남극 ㅣ 찔레꽃 피면 ___ 050

· 김순실 ㅣ 찔레 ___ 051

· 김창균 ㅣ 꽃, 담금질 ___ 052

· 박민수 ㅣ 이름 모를 꽃 한 송이 ___ 053

· 박해림 ㅣ 좁쌀냉이 ___ 055

· 양승준 ㅣ 등꽃 ___ 056

· 윤용선 ㅣ 올해도 봉선화는 피었습니다 ___ 057

· 이화주 ㅣ 산사나무 물그림자에서 열매를 따다 ___ 058

· 임동윤 ㅣ 앵두꽃 ___ 059

· 정주연 ㅣ 꽃들의 혁명 ___ 060

· 최돈선 ㅣ 자작나무 ___ 061

· 한기옥 ㅣ 잔대꽃 ___ 062

· 허 림 ㅣ 꽃차 ___ 063

· 황미라 ㅣ 지지 않는 꽃 ___ 064

제3부 ‖ 표현동인 신작시

• 김남극 ｜ 영욕榮辱이 반半이라는 말 외 2편 ___ 066

• 김순실 ｜ 실금 외 3편 ___ 070

• 박민수 ｜ 눈 내리는 날에 외 4편 ___ 076

• 박해림 ｜ 네가 온다는 말 외 4편 ___ 085

• 양승준 ｜ 손곡리蓀谷里에서 외 3편 ___ 090

• 윤용선 ｜ 그날그날의 자화상 · 1 외 5편 ___ 099

• 이화주 ｜ 얼음이 된 눈물의 꿈 외 3편 ___ 105

• 임동윤 ｜ 무덤 외 4편 ___ 109

• 정주연 ｜ 봄 들어오는 날 외 4편 ___ 115

• 최돈선 ｜ 우 빤야 사야도 스님 외 4편 ___ 122

• 한기옥 ｜ 혼났다는 말 외 4편 ___ 128

• 허 림 ｜ 느린 시간 외 2편 ___ 138

동인 조명 ①

김창균

- 신작 시 ∣ **4월** 외 4편
- 자선 대표시 ∣ **가루가 된 말** 외 4편
- 시인의 말 ∣ **나는 북쪽을 편애한다**

동인조명 | 김창균

4월 외 4편

작년에 배운 말들을 버린다
꽃이 필 때 태어나는 감정과
꽃이 진 다음에 다시 생겨나는 감정이
서로 낯설고 멀어
내가 배운 말들은 버림받는다

이제 나를 여기까지 데리고 온
나를 두고 간다
맨밥처럼 흰 말들이 눌러 붙은
꽃나무 가지 맨 끝
4월의 가지 끝은 높고 위험하여
내가 아는 말들을 매달 수 없다.

민무늬 옷을 입고 걷는 4월은
꽃들이 동족을 알아보는 듯
후드득 지는 저녁이 있어
견고하게 꼈던 팔을 풀어
당신의 팔짱을 껴본다

마른 꽃

한 묶음
절벽에 거꾸로 매달린
바람나 서로를 외면하는 어느 가계처럼
한 묶음으로 묶여 있으나
모두 다른 몸이었던
하여 꽃시절로 돌아갈 수 없는
말라가는 것만이 유일한 일인
봄날의 사랑 같은 건 과거의 일이예요
피가 머리 쪽으로 쏠려
씨앗들이 절벽으로 쏟아지고
보풀같은 마음을 미끼로 걸어
절벽 아래로 드리워 본다
캄캄한 미끼를 물고 올라오는
더 야위고 어두워 씨눈이 쑥 빠진 것들
작아지다 작아지다 마침내 작은 보풀이나
소리에 가까워지는

저 거꾸로 매달려야
비로소 안정되는 것들에
세상에서 가장 가벼운 꽃말을

달아 주고 싶다

꽃 피는 시절

저것은 마치 미친 사랑과 같아서
움켜쥐면 손가락 사이로 빠져나오는 바람과 같아서
가끔 비극으로 끝나기도 하네
비가 내리고
기온이 올라가고
숲이 절정을 앓을 때
숲 가까이 있는 사람들은 야성의 울음을 우네

꽃 피고 꽃 지는 일은
당신과 나의 바깥의 일

벼르고 별러
어금니를 꽉 물고 물어도
지독하게 올라오는
생목 같은 붉음

처음 가보는 어떤 절집 마당에서는
불두화가 조용히 자신의 머리채를
뿌리 쪽으로 내려놓고 있었네

잃어버린 소읍

버스를 잡아 두던 터미널은 폐허
가출의 시작이던 간이 정거장도 폐허
당신이 나를 배웅하던 수많은 날도
그 눈물도 폐허
꽃이 피면 몸에 붙은 몹쓸 병도 환하게 가시고
토종 꽃 떠난 자리
이국의 꽃 만발하였다기에
당신의 안부를 겨우 생각해보는데
도시의 한쪽을 밀며 그치지 않고 퇴화하는 시간표들
난시의 눈으로 보는 이정표들

나는 도시의 한 모퉁이에서
가끔 시간을 염색하거나 탈색하며
저녁이면 마음을 다친 수많은 이별을 배차하며

거기, 거기서
내 안의 폐허가 네 안으로 흐를 때
끝을 알 수 없는 어떤 이별을 생각하기도 한다

한증막

눈을 뜨고도 꿈을 꾼다
온몸에 땀이 쏟아지는 지독한 악몽이다
귀신의 비위를 거스르지 않기 위해 잠을 조심스레 흔든다
가위눌린 외침은 어디에도 닿지 못한 채
내 몸만 때리며 잦아들던
어느 타지의 밤이 있었다

나를 옮기는 수많은 이사
몸을 다 기울여야 채워지는
모래시계의 내밀한 빈방 한쪽

잠과 꿈 사이
빈방과 모래 사이
침묵과 침묵 사이
궁금증을 유발하는 반쯤 열린 방

기울이면 다시 차오르는
늘 그렇게 나를 외면하는 독방 한 채

가루가 된 말 외 4편

나는 반평생 칠판을 마주하고 살았다
백묵이 칠판에서 조금씩 자신을 소멸할 때
한 시절 나의 말은 흰색이었다
아이들은 수시로 칠판을 지우고
칠판의 흰 말들을 지우고
가끔 막대기로 툭툭 때려 지우개를 턴다
지우개에 붙어 있던 말들을 털고
마침내 말들이 가루가 되어 흩어져 가도
몇몇은 입을 막거나
못 본 척하거나
깔깔거린다
가루가 된 말들과
가루가 될 말들
저 우수수 털리는 자음과 모음

생각해보면 칠판을 마주하고 산 세월은
참으로 아슬아슬하여
못내 잘못 쓴 받침처럼 기우뚱했다

시월(十月)의 말

　서로의 몸을 비틀어야 단단하게 나무와 한 몸이 되는 넝쿨식
물을 보면
　마치 잘못도 없이 벌서는 사람처럼 힘겹다
　웅덩이에 고인 흙탕물 위에서 한 생을 도모하던 소금쟁이가
　물과 결합하지 않으려 이리저리 물을 건너뛰고

　옆집 고구마밭을 떠난 온 고구마 순에서
　초가을 미열이 만져진다
　스윽 넘어오는 것들 따스하게 서럽다

　단풍 든 넝쿨이 감나무 몸피를 조이며 위로 또 위로 몸을 비
틀며 오르는 동안
　회오리치며 나무를 빠져나가는 그 안간힘 마주하면 정신이
아득해

　가시 많은 나무에 올라가 가시 돋친 잎을 먹고 산다는
　침 대신 가시에 자신의 피를 적셔 아무렇지 않게 먹는다는
　제 몸속에서 허무를 소화하듯 가시를 천천히 소화하는
　이윽고 가시로 배를 채운 뒤 가시를 밟으며
　자신이 올랐던 길을 찬찬히 되밟아 내려오는

모랫바람 부는 나라에 사는 어떤 염소를 생각해 본다

그리고 무엇인가 또 서러움이 가시지 않아
나는 몇 밀리씩 담을 넘어가며 시월이 건네는 그 말을
해가 진 이후로도 망설이며 듣는 것이다

속 빈 나무

까만 속 훤히 드러내고 살아간다
속 들어낸 자리에 나를 앉히고 지나가는 하늘빛도 앉히니
속 썩는다는 말 참으로 아득하게 아린 말이다
허공 안쪽 한 자락 끊어다 또 빈속에 앉혀 놓고
오랜 세월 두고 끓였을 듯한 속을 찬찬히 들여다본다
이마에 땀이 배어 나오고
하나를 보았으나 두 개가 가려지는 캄캄한 빈속
어찌 된 일인지 분간할 수 없는 그 빈 속에서
소똥을 이겨 땔감을 만들던 이국의 소녀가 말을 걸어 나온다
똥에서 나무 냄새가 나고
밥 끓이는 냄새가 나고
간신히 나날을 잇는 고스란히 가난한 손금도 있어

속 다 썩어 없어진다는 말
끝 모를 그 캄캄한 빈속에 대고
속삭이듯 속삭이듯 말을 건네면
까맣게 탄 빈속 공명하며
내가 건넨 말에 내 귀가 어두워진다

꽃사과나무 그늘 아래의 일

다산한 여자 같은 저 나무는 많이도 늙었다
몇 차례 온몸을 쏟고 또 한 배를 갖은 걸 보면
몸통이 들썩일 정도로 숨소리가 크겠다

국적을 옮겨 시집온 여자가 그
꽃사과나무 아래를 지나간다
돌 지난 아이의 손을 꼭 잡고
아이에게 무슨 말을 건네고 받지만
그 것이 무엇인지는 알 수는 없는 일

곰곰 무슨 말을 주고받았을까 궁금하기도 하지만
이것은 푸른 말이 붉은 말로 옮겨 가는 일
그늘을 다 건너뛰고 저녁을 맞는 일

꽃사과나무 아래서 하루를 산다 해도
알 수 없는 일 명명할 수 없는 일.
싹둑 전지한 나이테 자국 위에 돋는,
낮고 작은 잎들만이 아는 일.

화진포라는 곳

화진, 화진,
하고 소리 내어 부르면
나루에 꽃들 조용히 진다.
언제 저렇게 조용한 낙화를
본 적 있었던가
발진하는 몸 뒤집으며
제 살에 문신을 새기는
봄 꽃나무처럼
망망한 몸에 수를 놓는
화진,
하루 종일 발음해도
닿지 못하는
닿아도 금세 사라지는
화진.
거란, 여진, 이런 이름들과도
어쩌면 가까이 있었을 것만 같은
그 머 언 북쪽

나는 북쪽을 편애한다

김창균

누군가 나에게 물었다.

"당신은 당신의 시에서 가장 쓰고 싶은 재료가 무엇이냐?"고.

나는 대학 학부 졸업 논문을 이용악에 대해 썼다. 그때는 해금된 지 얼마 안 된 이용악이나 정지용 백석 등 월북 시인의 시나 시인에 대한 궁금증과 일종의 동경 같은 것도 있었다. 그래서 해금 작가들의 작품이 출판되자마자 구입해서 읽었던 기억이 있다.

그 후 대학원 졸업 논문으로 백석에 관해 썼다. 그 당시 그들의 시는 나에게 많은 감동과 벅찬 지향을 안겨 주었기 때문이었다. 특히 대학 때 읽은 이용악의 북쪽은 나에게 많은 영향을 끼쳤다.

"북쪽은 고향/ 그 북쪽은 여인(女人)이 팔려간 나라/ 머언 산맥(山脈)에 바람이 얼어붙을 때/ 다시 풀릴 때/ 시름 많은 북쪽 하늘에/ 마음은 눈감을 줄 모른다"

이 시를 읽고 참 가슴이 먹먹했었다. 비극적 역사와 그로 인해 발생한 민족의 참담한 모습을 담담하게 노래한 이 시가 나에게 '북쪽'이라는 공간에 이끌리게 했다.

그 후 거진이라는 북쪽에 위치한 소읍에서 밥벌이를 하면서 내 몸은 본격적으로 북쪽 살이를 하게 되었다. 하여 북쪽은 나에게 육친과 같은 존재이며 내 시의 가장 중요한 재료인 것이다.

어족자원이 풍부했던 90년대 초반 항구에 산더미처럼 쌓이던 명태와 오징어는 빛나는 힘을 가진 것들이었고 백석의 시에서처럼 '흥성스러운 것'들을 불러오는 존재였다. 물론 거기는 근육질의 바람과 신산한 삶과 내일을 기약할 수 없는 거친 생들이 호흡하는 곳이기도 했다.

또한, 겨울이면 지붕 낮은 처마에 몇 마리씩 코를 꿰어 매단 명태가 참 인상적이었다. 그 명태가 꾸덕하게 마르면 그것을 코다리라 부르는데, 그것을 쪄서 제사상에 올리기도 하고 졸여서 밥반찬으로 먹는 기막힌 음식이다. 명태는 북쪽을 대표하는 어종인데 지금은 자취를 감춘 신비한 영역에 든 어족이 되었다. 어느 한 시절 나는 먼 캄차카반도에서 남하하여 우리의 항구와 식탁에 닿는 그 물고기에서 북쪽 찬바람을 느끼기도 했었다.

그렇게 오랜 세월 북쪽에 살면서 북쪽 사람들과 호흡하고 북쪽의 음식을 먹고 이 지역에 살을 맞대고 살다보니 나는 어느덧 '북족'이라는 어떤 종족이 된 것 같다.

나의 시 중에 「화진포라는 곳」이라는 시가 있는데 그 중 **"거란, 여진, 이런 이름들과도/ 어쩌면 가까이 있었을 것만 같은/ 그 머언 먼/ 북쪽."**이라는 구절이 있다.

이렇듯 북쪽은 또 다른 의미에서 나에게 사랑하는 혹은 사랑했던 여자의 이름이기도 하고 역사적 지명이 아직도 살아 숨 쉬는 공간이기도 하다.

나는 세상에 하나뿐인 종족 '북족'으로 평생 이 북쪽을 편애하며 북쪽에서 살아갈 것이다. 공간과 장소와 사람과 음식과 그 모든 것에 깃든 언어와 함께.

▌**김창균 약력**

- 강원도 평창군 진부 출생
- 1996년 「심상」으로 등단
- 시집으로 「녹슨 지붕에 앉아 빗소리 듣는다」 「먼 북쪽」 「마당에 징검돌을 놓다」가 있음.
- 산문집으로 「넉넉한 곁」이 있음.
- 제4회 발견 작품상 수상
- 제1회 선경문학상 수상
- 현재 한국작가회의 회원, 작가회의 강원지회장
- 현재 고성고등학교 교사.

동인 조명 ②

황미라

· 신작 시 ㅣ 애호박 외 4편
· 자선 대표시 ㅣ 밥 먹었니? 외 4편
· 시인의 말 ㅣ 시를 쓴다는 거

동인조명 | 황미라

애호박 외 4편

마트에서 애호박을 하나 샀다
호박도 예뻐야 한다고
과육이 크기 전부터 비닐을 덧씌워 키운
애호박, 얼마나 답답할까 싶어 비닐부터 벗겨놓으니
푸우 깊은 숨을 내뱉는다
더 클 수도
꿈꾸는 멋진 호박이 될 수도 있었을 텐데
잠시라도 편히 쉬어보라고
다른 찌개를 끓였다

며칠 후 호박을 꺼내 보니
물컹 반쯤 썩어 있다
제 생이 서럽고 원통해 콱 죽어버린 걸까
햇살 따뜻한 땅에 묻어주고 싶다는 생각을 하는데
비닐도 그러고 싶진 않았을 거라고
의지 밖의 운명을 슬퍼하고 있을 수도 있겠다 싶어
부엌이 무슨 암자처럼 자못 엄숙해지는 거다

야외극장

나무가 고꾸라질 듯 휘어진 채
이파리를 뒤집으며 떨고 있다
폭풍이다

오래전
우리 집은 극장집이다, 이 문장을 써보라고
회초리를 들고 다그치던 선생님과
칠판을 향해 백묵을 쥐고 뚝뚝 눈물을 흘리던
아이가 있었다
고개를 푹 숙이고 죄인처럼

십 원인지 몇 원인지 학교에서 단체관람을 하던
시내에서 제일 번듯한 진짜 극장집 딸
슬픈 등이 아직도 사라지지 않는데

나는 나무다, 바닥에 써보라고
바람이 후려치는 것 같다

나무는 쓰고 싶지 않을 것이다
존재는 기록하는 게 아니라

몸으로 증명하는 거라고
눈물범벅인 채 견디고 있는 건 아닌지

그 아이 글씨를 쓸 줄 몰라서는 아니었을 터,
교실의 무게를 홀로 힘겹게 받아내던
이름도 생각나지 않는 어리디어린 등
지금은 가뿐한지

흔들리는 나무에 그 아이 환히 재생된다

곡선

살아 있는 것은 둥글다
사람도 짐승도 나무도
각진 몸뚱어리는 없다

둥근 꽃대를 밀어 올리는 민들레
둥근 몸을 꿈틀대는 지렁이
둥근 목숨 떠받치는
지구도 모서리를 지니지 않는다

이 둥근 세상,
둥글어지기 위해
모서리를 깎고 다듬어야 하는 줄 알았다

하지만 바느질을 하며
시침질한 주머니가 뒤집히며 완성되는 것을
뜯긴 실밥이며 꿰맨 자국들을 몽땅 안으로 들이는 것을
읽는다

둥글어진다는 건 모서리를 보듬는 거
가슴 안팎 찔리고 베이며 품어 안는 거

지구의 곡선을 따라가면 피가 묻어날 것 같다

절박節拍하다

우리 동네 애막골 숲길에 들면
깍깍 깍깍 까마귀 소리 요란하다
─거기, 누구 있어요?
─네, 저 여기 있습니다
끊임없이 서로의 안부를 묻는 것 같다

까마귀도 겁나는 모양이다
날갯짓이 버거울 때
하늘길이 막막할 때
저 혼자 떠도는 게 아니라는 걸
확인하는 건지도 모른다

죽을 만큼 외롭다는 말
사치 같아 보인 친구는 목숨을 끊었다

까마귀도 알고 있는 것이다
그래서, 어느 순간 박자를 치고 연주를 이어가듯
깍깍 깍깍 외로움의 마디를 짓고
먹이를 찾고 둥지를 짓는 것이다

검은 방

고흐가 죽기 직전까지 살았던 오베르 라부여관 다락방
낡은 나무 바닥이 반질반질한 검은 숯덩이 같다

총 맞은 가슴 움켜쥐고 몰아쉬었을
가쁜 숨, 온 몸으로 받아냈을 작은 창문은 지붕에 빼꼼하고

좁고 어두운 방도 모자라
고통은 왜 고흐에게 영원한 것인지*, 방바닥에 손을 대고 짚
어보는데

세상의 빛을 흡수하는 검은색
세기를 넘어 뿜어낼 빛을 한꺼번에 머금은 영혼의 과부하
고통이란 넘치는 그 무엇 아닐까,

화구보다 무거운 생을 등에 메고 여태 세상에 붓질을 하는
고흐 방에서
살아 숨 쉬는 내가 사치 같다

* 고흐의 편지 중에서

밥 먹었니? 외 4편

고작 수화기 속에서 들려오는 말
—밥 먹었니?
달이 가고 해가 가도 바뀌지 않는
그 말 한마디

새털처럼 가벼우면서 무게를 지니고
더없이 잔잔하면서 순간 파문인
—밥 먹었니?

먹었다고 대답해도
먹긴 무얼 먹었겠냐 끼니 거르지 말고 꼭 챙겨 먹어라
그렇게 똑같은 당부를, 그렇게 오래,

환한 햇살이기도
젖어오는 빗물이기도 한
그 말,

다른 것 하나 묻지 않으면서
사는 일을 다 물어오는

이면지에 쓰다

뒤집혀 본 사람은 안다
우리에게 이면이 있다는 것을
거짓말처럼 누군가 하루아침 엎어버려도
가만히 들여다보면 여기 또한 이승이라는 것을

바람에 쓸려온 낙엽들이 몸을 돌돌 말고 노숙을 한다
몇 번은 뒤집히며 굴러왔을 저들에게 더 이상 이면이란 없는
걸까?
서울역 지하도에 이불을 깔고 종이상자를 두른
어느 가족이 티브이를 꺼도 자꾸 허공에 재생된다

생각난다
연필로 쓴 위에 다시 빨간 색연필로 덧쓰던 누우런 갱지
영희야철수야나하고놀자 우리들 유년의 땅

생매장당한 건
내가 아니라 어제까지의 시간이니라

누구처럼 소풍 나온 길은 아니어도 영희랑 철수랑 놀지는 못
해도

세상으로 한 번 걸어나와 보라고
바탕보다 진하게 덧쓰면 된다, 고
그 가족에게 오래된 마법의 갱지를 내밀고 싶다

받쳐주는 어제가 없다면 오늘은 어떻게 떠오르나
봉분 없는 무덤, 생의 이면에 나를 쓴다

미역귀

마른 미역귀를 물에 불리자
뭉클 푸른 귀를 연다

바닥까지 내려앉은
온갖 비린 말들 오글오글한 귀

납작 엎드린 가자미의 신음과
입을 꽉 다문 조개의 속엣말이
막 삐져나올 것처럼 미끌거린다

미역귀는 생식기관이라는데
종자를 번식하고 나중엔 녹아 없어진다는데

모래알이 서걱거려도
파도에 이리 쓸리고 저리 쓸려도

미역 한 줄기 세상에 공양하고
수많은 말 제 안에 품고 열반하는

미역귀, 종일 푸릇푸릇 나를 감친다

파꽃
― 두꺼비집 · 20

　뭐가 되겠어요 그대가 파놓은 함정, 고랑 깊이 발을 묻고 감성의 뿌리를 내리면 하얗게 피가 마릅니다 어쩌면 세상은 파밭 같은지, 바라보면 서로의 눈시울만 붉어지는 이 쓰라림, 어리석은 키 재기에 텅 빈 세월 닮은꼴로 외롭게 매운맛만 익혀도, 찬비 맞을수록 짙어오는 빛깔 하늘 향해 정직히 피워 올리면, 몸뚱이보다 무거운 눈물 한 방울, 꽃이라 부르기엔 너무 안쓰러운 파꽃이 핍니다

다림질
— 두꺼비집 · 35

　다림질을 합니다 우리 식구 옷가지를 펴놓으면 얼마나 힘들까 자꾸 뜨거워집니다 바람이 할퀸 자국이거나 일그러진 희망 같은 구겨짐, 중심을 찾아 저마다의 모습 세워보는 나는 달아오른 가슴으로 헤아리지만, 얄팍해진 바닥을 만나면 내게 먼저 구멍이 뚫립니다 마음의 피리 구멍으로 슬픈 가락이 흐르고 매일 어둠이어도 아침이 열리는 신비, 하느님도 밤새 숯불다림질을 하는 모양입니다 불똥처럼 타박타박 별이 튀는 걸 보면

시를 쓴다는 거

황미라

'아인슈타인은 옳았다.'

천문학 국제공동연구진이 인류 사상 최초로 우리 은하 중심에 있는 '초대질량 블랙홀' 영상 포착에 성공했다. 세라 마르코프 EHT(사상수평선망원경) 과학이사회 공동 위원장은 "중력에 의해 시공간이 휜다는, 아인슈타인의 일반 상대성이론이 옳았음을 재입증한 것"이라고 강조했다.

나는 '옳았다' 는 이 말에 사로잡혔다. 과학처럼 분명하게 증명되는 건 아니지만, 내가 쓴 시가 백 년 후에 '옳았다.' 라고 말할 수 있는지에 대해 생각한다.
단 한 편, 아니 한 구절이라도 아, 그래 맞아! 이런 공감대를 형성할 수 있는지.

물론 시를, 옳고 그름을 얘기하는 선에 올려놓는 것 차체가 모순일 수 있고, 배경이 된 당대의 정서를 백 년까지 끌고 가긴 어렵다는 것도 안다.

하지만 세상의 이치는 다르지 않을 테고, 명징한 삶의 본질을 보여주는 고전도 있지 않은가.

　　시를 쓰다가, 시가 밥이 되지 않으므로 부엌으로 갑니다 희망으로 요리를 해도 깔깔하게 씹히는 일상을 식구들과 나누는 저녁이면 왠지 무서워, 환히 전등을 켜고 가난한 시를 쓰다가, 시가 안식이 아니므로 잠을 잡니다 꿈보다 막막한 오늘이 오고, 고단함 속에 다시 부질없는 시가, 부질없이 쓰여집니다

　　　　　　　　　　　　— 졸시, 「막막한 오늘 –두꺼비집 · 51」 전문

시를 쓰는 내가 여기 있다. 어떻게 시작됐을까. 내가 시를 따라간 것 같기도 하고, 시가 나를 밀어 넣은 것 같기도 하고…….

어쨌든 어느 순간 블랙홀 같은 강력한 시의 중력에 빨려 들어간 건 아닐까 싶어, 몇 가지 단서를 따라가 본다.

예나 지금이나, 말이 좋아 내성적이지 실은 답답한 성격이었을 것이다. 지난날 대부분이 느리고 게으른, 남들보다 잘난 구

석이라곤 없는, 지극히 소소한 생각들로 이어지는 그저 그런 일상들이었던 걸로 기억된다.

군이 까닭을 파고들자면, 친구들과의 만남과 헤어짐의 연속이었던 어린 날들이 버거웠던 거 같다. 이리저리 이사를 가며 학교를 옮겨 다닌 게 나를 더 움츠리게 한 건 아닐까, 돌아가신 아버지의 잦은 전근에 혐의를 씌워보기도 한다.

하지만 그것만도 아닐 것이다. 나는 원래 이렇게 생겨먹었고, 둔하고 소심한 숙맥이었다.

그러다 보니 얼굴을 마주하는 말보다는 백지에 적는 글이 한결 더 편하게 다가왔다.

어린 시절 우리 집 안방 벽 한쪽은 가족게시판이었다. 누런 갱지에 아버지가 직접 펜으로 적어 붙여놓은 거였다. 첫째인 내가 학교에 입학할 무렵부터 '구구단'으로 시작해, 그때그때 외워야 할 것들이 항상 붙어있었다. 밥상에 앉으면 눈높이에 딱 맞아서 저절로 익히게 되어 있었는데, 언제부터인가 짧고도 강렬한 글들이 눈에 들어왔다.

그중 하나가 푸쉬킨의 시였다.

그 유명한 '삶이 그대를 속이더라도 슬퍼하거나 노하지 말라…'

지금 생각해 보면, 그건 자식들 보라고 적어놓으신 게 아니라, 아버지 당신께서 힘드실 때 외우시는 주문 같은 거.

아무튼 푸쉬킨이 누군지, 시가 무언지, 무슨 말인지도 모른 채 저절로 읽히던 시구였지만, 어린 생각에도 막연한 슬픔이 안개처럼 끼인 거 같았다.

아니면, 처음으로 모 시인에게서 받은 자작 시집? 교과서나 도서관에서나 읽을 수 있었던 시, 그 환상 같았던 시가 현실로 눈앞에 펼쳐진 놀라운 사건.

하지만 이것도 아닌 것 같다. 왜냐하면 그 시집에 수록된 시를 읽고 감동을 받기는 커녕, 언어의 유희로 느껴져서, 이거 재밌겠다, 나도 할 수 있겠다, 하는 아주 건방진 생각을 했던 걸로 기억된다.

그리고 남들처럼 글쓰기로 받은 크고 작은 상들도 있었고, 영상을 깔고 전국 방송에 나가던 시도 있었지만, 크게 나를 흔들어놓지는 못했다. 아니, 흔들렸어도 현실로 이어가기 힘들었다는 게 솔직한 말일 것이다.

사실 심증이 가는 건, 삶 자체의 '고통'이다.

어떻게 살았지? 어떻게 견뎌냈지? 최후의 보루 같았던 자식들을 무사히 지킬 수 있었던 것만으로도 기적처럼 느껴지는 날들이 있었다.

고통의 정점에서 마주치는 사물에 대한 새로운 시각과 삶의 본질들이 나의 감수성을 자극하고 생각하게 하고 시를 쓰게 만들었던 건 아닐까?

'창의성의 비밀은 그 원천을 숨길 줄 아는 것이다.'라는 아인슈타인의 말을 상기한다면, 내가 지금 유추해보는 이 행위도 바보 같은 짓일 것이다.

하지만, 나는 아인슈타인도 아니고, 이름 있는 시인도 아니다. 더더욱 치열하게 시작詩作을 하는 것도 아니다. 그냥저냥 써지니까 쓰고 있는 거나 다름없다. 그간 출간한 내 시집들도 어쩌면 차고 넘치는 시대의 공해인지 모른다. 이런, 한심함이라니!

제대로 쓰지도 못하면서 빠져있는 이 마법 같은 세계.

백 년 후는커녕 지금도 난 모르겠다.

시는 차치하고, 시인이란 이름으로 시를 쓰고 있는 이 행위가 정말 내게 있어 옳은 일인가? 이 세상에 이로운 일인가?

상대성이론에서는 블랙홀처럼 끌어들이기만 하는 세계가 있으면, 반드시 물질이 그 내부로는 절대 들어갈 수 없는 내뿜기만 하는 세계인 '화이트홀(white hole)'이 존재한다고 한다. 그러나 화이트홀이 어떻게 형성되는가 하는 메커니즘에 대해서는 전혀 밝혀진 바가 없다.

존재한다면, 블랙홀에 흡입된 물질은 화이트홀에서 방출되고, 이때 블랙홀의 흡입구가 있는 세계와 화이트홀의 방출구가 있는 세계는 전혀 다른 세계라는데.

단언하건대 시의 화이트홀이 있다면 나는 일찍이 방출됐을 것이다. 아니, 이미 오래전에 방출됐는데 미련을 떨고 있는 건 아닌지…….

황미라 _ 1989년 《심상》 신인상 당선 시집으로 〈두꺼비집〉 〈털모자가 있는 여름〉 외 다수가 있음.

제2부

접경지, 생명 詩

김남극   김순실   김창균

박민수   박해림   양승준

윤용선   이화주   임동윤

정주연   최돈선   한기옥

허　림   황미라

찔레꽃 피면

김
남
극

찔레꽃 피면 돌아온다고 했다던
양희은 노래 속 그는 아직 오지 않았다

그래도 찔레꽃은 핀다
어디 머물 땅도 한 평 없는데
찔레꽃은 또 피어 나를 건네다 본다

처연한 저 흰빛이 더 처연하게 보이는 건
봄빛이 사방에 가득해서

내가 집을 떠나던 날도 그랬고
아버지가 산감(山監)이 되던 날도 그랬다

어머니는 찔레꽃 덤불을 지나면 닿는
양지바른 기슭에 계신다

찔레

접경지,
생명 詩

김
순
실

신록의 천변 산책로
지렁이 사체에 벌레 오글거려
한 주검이 누군가에겐 성찬이네

죽음을 먹은
찔레향이 실어오네
이 계절 가장 아름다운 향기를

바람에 실려오는 찔레향은 달콤하네
위로나 기쁨도 없이

이 연약한 것들의 먼 여정이,
꽃 피고 지고 나비 나는 시간이
눈부신 초록 끌고
은빛 자전거 햇빛 속으로 멀어지네

찔레가 하얀 보자기 펼쳐놓을때 까지
땅에 배인 향기
오래 바라보네

김
창
균

꽃, 담금질

방짜유기 제조과정을 들여다보며 꽃잎에 새겨지는 멍 자국과
꽃잎을 두드려 다시 꽃 피우는 손을 본다
딸 시집 보낼 걱정하며 두드리고 두드리는 마음
이쪽에서 쾅쾅, 저쪽에서 쾅쾅
망치 소리는 점점 두근거리는 심장 소리를 닮아 간다
손바닥에 극한의 굳은살을 세기며
빛나는 몸을 누구에겐가 건넬 수 있을 때까지
두드리고 두드리고 또 두드려
소금물에 몸을 식힌 후 다시 얻는 몸이여
내 몸에 군살을 다 밀어올릴 때까지
피워 올려라 속 깊은 꽃 한 송이

꽃들이 한꺼번에 피는 계절에
이 꽃대궁을 꺾어 저 꽃대궁에 간신히 이어붙이며
거기 울먹울먹한 노을도 덧대본다.
앗! 뜨겁게 뜨겁게 군살을 빼고
마침내 피어라 꽃. 들.

이름 모를 꽃 한 송이

어느 늦은 봄날 아침 산책길
잡초 속 이름 모를 꽃 한 송이
바람결 제 몸 모두 허공에 맡기며 하늘길 가득 나부끼고
있었다.
이리저리 아득히 흔들리고 있었다.
스러질 듯 스러질 듯 연약한 몸짓
안쓰럽지만 문득 내 가슴 생기 뜨겁게 솟구치고 있었다.

돌이켜보면 내 한 생애 일곱 살 어린 나이
초등학교 1학년 6월 25일
문득 밀려온 동족상잔 6.25 전쟁의 회오리 속에서
피난길 연약한 잡초와 같았다.

부모도 이웃도 모두 한결같이 낯선 길 헤엄치듯
바삐 달리면서 사랑도 콧노래도 하나 없이
앞으로, 앞으로 누가 오란 듯
한없이 내닫고 또 내달을 뿐이었다.

길가엔 잡초 가득 우거져 있었다.
전쟁의 회오리 속 잡초 저들은 살랑살랑 춤바람 한창이

었다.

　그 잡초들 오늘 아침 산책길
문득 다시 모여 내 눈길 끌었다.
푸른 들판 바람결 속 둥실둥실 나부끼는
그들의 충만한 자유, 아름다운 손짓
그것은 푸른 하늘 가득 나부끼는 평화의 오랜
깃발이었다, 잡초가 아니었다
오직 사랑일 뿐이었다.
영원한 내 그리움의 아득한 추억이었다.
뜨거운 포옹의 멈추지 않는 눈물이었다.

좁쌀냉이

좁쌀 한 되 봄 햇빛 한 됫박이 흩뿌려진 늦은 오후

눈어리 젖은 내가 발을 등 구부린 채 발을 씻고 있는데

본숭만숭 등 돌린 그때를 아직도 기억하고 있었는지

문득 빤히 나를 들여다보며 잠깐 허리를 펴는 것이었는데

수북한 결박의 한 생이 수수깡처럼 흔들린 그 순간

자그락 자그락 일렁이던 거친 숨소리가 몇 해 전의 큰 파
도를 몰고 와서는

그 오후의 발등을 허옇게 뒤덮은 것은 정말이지 한순간이
었다

양
승
준

등꽃

내가 너의 그리움으로 남아
한평생 네 그늘이 될 수만 있다면, 아니
자줏빛 꽃향기로 네 곁을 떠돌 수만 있다면
설령 그곳이 내 무덤인들 어떠랴

어제는 진종일 바람이 불었고
오늘은 새벽부터 비가 내렸다

올해도 봉선화는 피었습니다

여기가 집터였던가
그 흔적마저 아물거리는
거기 거기에
봉선화가 피었습니다
혼자 피었습니다
울 밑에 꽃씨를 뿌렸던
집주인은
언제부턴가 보이지 않고
녹슨 철조망이
조금씩 조금씩 걷혀 길이 났는데도
끝내 소식 한번이 없고
언제 돌아올지 무슨 기미도 없습니다
올해도 봉선화는
혼자 피어
혼자 집을 지키고 있습니다

산사나무 물그림자에서 열매를 따다

어린 잉어들
빨간 열매 따고 싶어

온종일
호수 속에 비친
산사나무 그늘을 들락인다.

산사나무가
그림자 속으로

톡
톡
열매를 떨어뜨려 준다.

와!
내가 땄다.

와! 와!
나도 땄다. 나도 땄다.

앵두꽃

앵두꽃 진다

화르르 집 허무는 꽃들
속 드러낸 우물만큼 고요가 깊다

모두 떠나 고요가 갇힌 뜰
다시 후르르 지는 꽃들
그리운 풍경이 하나씩 사라진다

스스로 몸 허무는 집들
누가 우물 같은 가슴이라 했나

먼 산 뻐꾸기울음 봄날을 물고가면
제풀에 화르르 지는 앵두꽃들

떠난 자의 숨결만 높다

정
주
연

꽃들의 혁명

파주 장단 강 가
접경지 들판에 자욱한 6월의 들꽃들

과거는 묻지 말라고 지금 꽃으로 피어난 혁명
꽃이 이렇게 무한대로 아름다운 이유를
당신은 무엇이라고 말하는지

한두 해 어둠에 쌓인 그리움 때문만은 아니다
어느 해는 넘어지고 쓰러진 채로도 꽃은 피었고
또 한 해는 기쁨으로 일어나 손을 잡기도 했다
그렇게 살고
그렇게 죽은 자리
바람의 기도 소리

지금도 꽃들이 피었고
꽃은 영원하다고
들녘 가득한 꽃들의 속삭임
그 붉은 울음
자기 혁명의 노랫소리 들려 온다

자작나무

자작나무 숲에 가면
하얀 비 내린다

살을 발라낸 뼈들이 내린다

여우 울음에 젖어
멀리멀리 내린다

한
기
옥

잔대꽃

밥풀떼기만 한 눈을 감실거리며
가지 마, 가지 마, 붙드는데
아뜩하다

뭐든 속속들이 꺼내놓으란다

이제껏
근심을 위한 근심 아니었겠냐고
덜어내 버려야
바람에 흔들릴 수 있다고

흔들리다 보면
꼬깃꼬깃 지둘러났던
꽃. 꽃. 꽃.
햇아 잇몸에 돋아나는 젖니처럼
줄지어 나오지 않겠느냐고

끝내 꺼내놓지 못하는
내 마음 자락 언저리께로
용케도 찾아 들어와서는
나갈 생각 않는다

꽃차

복자가 다린

금잔화 꽃차 마시고

가덕다리 천천히 건너오다 보면

물소리도 먼 길 가느라 서로 출렁이고

갱변엔 물냉이꽃

나비가 비틀비틀 날아와 앉는다

꽃이 출렁인다

지지 않는 꽃

황
미
라

시어머니께서 옛이야기 하실 때마다
빼놓지 않던
—포탄이 날아오는데 쟤가 꽃을 꺾어 달라고 보채는 거야
빨리 그 자리를 벗어나야 하는데
어린 아들이 엉뚱한 떼를 쓰는 통에 힘들었다는
육이오 피난길

지금도 산천의 꽃들은 여전한데
꽃 이야기 해주실
어머니 돌아가신 지 오래,
늙은 아들도 꽃을 놓쳐버린 지 오래,

철조망 아래 핀 꽃은 아직도
멀리 가버린 동심을 좇는지
꽃대가 갸우뚱 한쪽으로 기운다

제**3**부

표현동인 신작시

김남극　김순실　박민수

박해림　양승준　윤용선

이화주　임동윤　정주연

최돈선　한기옥　허　림

영욕榮辱이 반半이라는 말 외 2편

김
남
극

영욕(榮辱)이 반이라고 하길래
영(榮)을 멀리하니 욕(辱)이 없어 좋은데
욕을 피하려니 영은 영영 없고
사람도 떠나 혼자된 지 오래

내게 얻을 것이 있는 자들이
잘 포장된 말을 건네고
그 말에 약속을 하고는
그 약속을 지키느라 모멸의 순간까지 만나고
돌아섰던 날들

도둑질을 했던 자가 번듯이
영화로운 자리에 앉아
내게 전화를 한다
욕을 하고 싶으나 하지 못하는 건
욕을 근사하게 하는 방법을 알 수 없어서

알아듣지 못하는 자에게
알아듣게 욕을 하는 것도
능력 중 최상의 능력

욕 한 마디 못하고 벌판을 보며
세상에 욕 한 마디 던지고는

돌아와 아궁이에 불을 땐다
솥 가득한 물이 끓는다
그 잠시 동안 혼자 앉아
영욕이 반이라 반복해 말해본다

새가 집을 지었다

처마 밑에 새가 집을 지었다
암수가 잠시 뭐라고 이야길 나누는데
알도 낳은 모양이다

내 첫 살림도 저러했을 것이다
겨우 비를 피할 곳
아주 작은 방에 살이 맞닿을 듯한
호흡이나 체온이 전해지는 곳

위험을 피하고 싶지만
위험을 피할 수는 없는 곳

그곳을 떠나 넓고 탄탄한 집으로 이사를 했지만
저 처마 밑 어설픈 새집 같던 그
첫 살림집이 자꾸 생각나는데

두 아이 모두 서울로 떠나고
아내는 주말도 야근이라 부재중이니

길을 내다보고 마당을 걷고 또 라면을 끓이면서
혼자라는 말을 자꾸 생각해보는 것이다

내 사랑은 오래되었으니

내 사랑은 오래되었으니
그 빛깔은 낡아
그림자조차 희미하다

겨울 빛이 사그라드는 어느 저녁
희미한 노을 속에 앉아
그 노을빛에 내 사랑을 견주어 보고는

망연히 앉아 어둠을 맞는다
생각해 보면 내 청춘의 사랑은
강고하고도 굳건하였는데

새로운 사랑의 빛을 기다리며
지새는 밤

대설주의보가 내린다

김남극 _ 강원 봉평 출생. 강원대 국어교육과 졸업. 《유심》 신인문학상 수상. 시집으로 《하룻밤 돌배나무 아래서 잤다》 《너무 멀리 왔다》가 있음.

실금 외 3편

김
순
실

허공 향해 무한으로 실금 그은 잔가지들
그 금 따라 실리는 마음의 갈래들 보이지요

아침에 먹은 마음 다르고
점심에 먹은 마음 다르고
저녁에 먹은 마음 다르듯이

시도 때도 없이 흘러가는 마음들
하늘에 잔물결 일지요

누가 겨울나무를 헐벗었다 하나요
저 실금이 일으키는 생각의 실마리 따라가면
빈 가지는 비어있지 않아요
거기 깃든 시심을 섬기고 싶어요

아무것도 바라지 않고
무언가를 이루려 하지 않고

실금마다의 광채로 겨울의 정오는 빛나지요
잔가지의 슬하는 풍성해서

물오리 떼의 빨간 발은 명랑하고
밤새 누군가 깔아놓은 살얼음장은 영롱, 영롱하고

빈 종이에 엎드려

검은 배낭에 검은 양산 쓰고 배회하던
노숙자 그녀
개천에서 세수하고
버스정류장에서 막걸리 마시던

도서관에서 보았다
계단에 엎드려 무언가 쓰는
바닥에 가슴을 댄 오체투지로

까만 목덜미 백지에 대고
그 검고 흰 끝은 어디일까

쓰는 것에는 힘이 있어
노숙을 잊고 예전의 그녀가 되어
빈 종이 가득 메웠으리

저녁에 보니
검은 배낭이 횡단보도 앞에서 기다린다
노숙자 그녀 어디로 가나

다시 빈 종이가 기다리는 그곳으로
엉긴 실타래 풀어 줄 그곳이 있기나 할까
바싹 야윈 어깨에 새겨진 주홍글씨

내 말은 어디 있나

흰 갈기 휘날리며 초원을 달린다
세상을 호령하는 깃발처럼
펄럭이는 긴 꼬리
힘찬 발굽소리 가슴을 울린다

말들이 고비 사막에 모여 산다
길들여지지 않은 야생마는
덜컹거리는 시간 속으로 달아나고

지평선 너머 안개 헤치고 천천히 다가오는 말
백지에 목을 늘이고
속눈썹 그윽한 눈동자 나를 바라본다

내 말을 싣고 돛을 높이 단
한 척의 범선 바다로 나아간다
오월 초록 들판이 넘실넘실

히힝 히히힝
말이 쏟아내는 방언이
허공으로 일렁인다

쥐똥나무

쥐똥나무라는 이름에 갇힌
열매는 얼마나 억울할까

네모난 철망에서
고개 내민 잔가지들
싹둑싹둑 잘리지만
혹시나 혹시나 하며
안으로 가지 하나 더 만드는 오기

밖으로 내민 손 잘릴 때마다
잔가지는 단단한 가시 되고
가시는
제 몸 찌르네

자잘한 흰 꽃 필 무렵
제대로 피지 못한 쥐띠 팔자
흑진주 쥐똥에 기대어
철망 밖을 꿈꾸네

김순실 _ 1998년 강원일보 신춘문예 당선으로 등단. 시집으로 〈고래와 한 물에서 놀았던 영혼〉 〈숨 쉬는 계단〉 〈누가 저쪽 물가로 나를 데려다 놓았는지〉 등이 있음.

눈 내리는 날에 외 4편

박민수

아침에 눈 떠 문득 창밖 먼 하늘길
바라보노라니 흰나비 나풀대듯 눈 꽃송이
포르르 창문에 매달려 애틋이 부른다.
아하, 어느새 겨울이 왔네
봄 여름 지나고 낙엽 지는 가을이 오더니
문득 겨울이 왔네,
하얀 눈 꽃송이 겨울 소식 안고 꿈처럼 나부끼네
나의 오랜 그리움이 되네.
그러나 어느 날 다시 이 눈송이 간데없이
온 세상 문득 따듯한 봄이 되겠지?
다시 오고 다시 가는 세월 속에서
나도 또한 다시 오고
다시 가는 꿈의 세월을 타고
이들 따듯한 봄맞이 나서겠지?
아아 어느 그리운 그 날 그 순간
거기 나풀거리는 봄 나비 춤바람 문득
제비꽃 파란 잎사귀 나부끼겠지?
나의 오랜 추억이 되겠지?
눈보라 나풀대듯
그 추억 어느 날 푸른 숲이 되겠지?

사랑의 뜨거운 오랜 손짓이 되겠지?
아름다운 꿈이 되겠지?!

편지
— 홀로 하늘 나는 새에게

어느 외로운 날
문득 하늘을 바라본다.

텅 빈 공간 흰 구름 어디론가 바쁜 걸음 옮기고
그 사이로 이름 모를 새 한 마리
날갯짓 홀로 참 가볍다.

나도 혼자이고 새 한 마리 저도 혼자인데
그리 바쁜 날갯짓 무엇을 꿈꾸는지
속마음 보이지 않아 홀로 궁금하다.

우리 삶이란 때로 슬프고 때론 가슴 아파
앉은 자리 홀로 눈물 흘릴 때도 많지만
하늘길 새 한 마리 저도 무엇을 그리워하는지
날갯짓 멈출 줄 모른다.

새야, 새야, 하늘길 홀로 가는 저 외로운 새야,
오늘따라 너와 함께 여행길 길게
손잡고 동무하면 어떠랴,

전하는 말 없이 그냥
서로 먼 길 바라보는 눈빛만 나눈들 어떠랴,

어느 외로운 날 마주 보며
서로 그리워하면 어떠랴,
이것이 사랑이라 하면 어떠랴.

새야, 새야,
멀리 홀로 하늘 나는
너 외로운 새야!

자유의 역설

사람들은 누구나 자유를 갈망한다.
나도 자유를 갈망한다.
그러나 자유는 어디에 있는가?
내 안에 갇힌 오랜 고독의 순간들
슬픔의 아픔, 뜨거운 눈물들
허망한 절망들, 비 오는 날의 한없는 그리움들
어디로 갈지 몰라 이리저리 헤매던
많은 세월 속 문득 솟구치는 추억의 그림자들
이 모두 다시 돌이켜보면 나에겐 자유란 없다.
아마도 자유란 저 먼 허공 속 누군가
홀로 외치는 아득한 휘파람 소리일지니,
이 밤 창밖 그 누군가 외로이 서서
나를 부르는 듯 자꾸만 눈이 그리로 간다.
갈 수 없는 저 먼 세상
그 세상 문득 나에게 꿈처럼 아득하다.
거기에 나의 자유 홀로 서서
먼 손짓으로 나를 부르는 듯 아득히 그립지만
자유는 언제나 저 멀리
가을 낙엽처럼 나도 모르게
급히 어디론가 멀리 홀로 사라질 뿐이다.

우리 삶이란 이렇다, 그리움이란 이렇다.
사랑이란, 추억이란 이렇다.
눈물이란 이렇다.

사랑은

어느 봄날 산책길
문득 하늘 가득 검은 구름 넘실넘실 차오르더니
빗방울 차디차게 쏟아지고 있었다.
속수무책 허허벌판 빗물 떼지어 내 온 몸
곳곳을 어루만지고 있었다.
차가우면서도 부드럽고 따듯했다.
문득 나의 모든 기억 모든 추억
모든 슬픔이 아픔들이 검은 흙 속 아득히 스며들고 있었다.
마침 가진 것 많지 않아 아쉬울 것이 없으니
문득 나의 속살들만 신나서 부드럽게 생기를 내고 있었다.
날이 가면서 계속 늙어왔지만
내 몸 깊이 스며드는 빗물들, 오래 묵은 등어리
그 검은 때까지 모두 하얗게 씻어내고 있었다.
아하, 하늘 선물 이리 좋을 줄이야!
잠시 저 멀리 하늘 향해 손을 흔드니 갑자기 빗줄기 멈추고
저 먼 산 높은 하늘 홀연 반달 형 무지개 한 줄기
남북 양 갈래 길게 하나로 잇네.
참으로 놀랄 일이었어!
비 온 뒤 문득 들어선 동녘 하늘 무지개 한줄기
그것은 하늘이 보낸 사랑이었다.

언제나 우리네 사랑은 비 온 뒤 더 따듯하다.
사람들이여, 서로 사랑하라!
네 이웃을 네 몸 같이 사랑하라!

파도 소리

어느 가을날 깊이 외로운 밤
동해안 바닷가 모랫길 홀로 걷느니라
어둠 속 멀리서 출렁이는 파도 소리
홀로 모래밭 가로등 불빛 속 아득히 반짝이며
나를 부르는 듯 속삭이는 듯
문득 내 가슴 깊은 곳 눈물이 된다.
저 푸른 바다 아득한 출렁임 속
아마도 그리운 누군가 있으리니
출렁이던 파도 소리
홀연 내 가슴 아득히 둘러싸 뜨겁게 포옹한다.
오호라, 이 뜨거운 포옹
저녁 바닷가 외로움 속의 아득한 충만
문득 하늘을 보니
별빛 가득 꽃잎이 되어
나풀나풀 내게로 사랑처럼 달려온다.
아득한 꿈처럼 반짝인다.
뜨거운 손짓이 된다.
나를 부르는 크나큰 외침이 된다.
부서지지 않는 사랑이 된다.

박민수 _ 1975년 《월간문학》 등단. 시집 《개꿈》 《낮은 곳에서》 《잠자리를 타고》 외 다수.

네가 온다는 말 외 4편

박
해
림

네가 내게로 온다는 말은
내가 네게로 간다는 말이다
한 걸음도 빼먹지 않고 온전히
나를 건넌다는 것이다
네게로 닿는다는 말이다

우리가 접었던 발자국과
우리가 폈던 날개만으로도

걸음을 포기하지 않았다는 말이다

어디에 놓여도 걸음만은 떠내려가지 않았다는 말이다

엄마는 아직도 늙어가는 중

오래된 집이 햇볕에 편안히 기대고 있다

미간을 좁히며
노랗게 삭힌 무릎 세워
벽을 이불처럼 한껏 끌어당기고 있다

눈도 귀도 먹어서
불러도 듣지 못하고 돌아보지 못하는데
건듯 바람이
창문을 흔들다가 수숫단 머리칼을 흩어놓다가
앙상한 어깻죽지를 조물락조물락 만져주는 것이다

그러면
엄마는 턱을 떨어뜨리며 철 이른 봄을
가랑가랑 삼키고는 하는 것이다

달방

강원도 인제에 가면 낮에도 달이 뜹니다

낮은 지붕과 더 낮은 지붕들의 틈막잇대 사이로
달이 되고 싶은 사내들
달이 되지 못한 사내들이 한껏 몸을 낮추고는
오월 봄볕에 눌린 고요 깊은 골목을 간신히 빠져나옵니다
일당 얼마에 몸을 묶은 사내들
까치발을 하고선 산죽과 산딸나무를 밟고서는
하늘로 하늘로 솟아오르는 것입니다

그럴 때면
산비탈을 훑어내린 마디 굵은 바람이
뻐꾸기 울음을 울기도 하는 것입니다

가끔은 떠돌다 못 떠오른 뭇사내들과
대처에서 사라졌던 사내들이 작당을 하고선
밤이면 어둠을 뚫고 몰래몰래 솟구치기도 하는 것입니다

여기 달방 있음, 달방, 달방…
한 달에 단 한 번, 단 하루치의 목숨을 걸었더랬습니다

그것만으로도 행복하지

마스크를 쓴 사람들이 빠른 걸음으로 걷는다

더 빠른 걸음으로 강아지가 뒤를 따른다

앞에서도 뒤에서도 걷는 이들은

모두 빠른 걸음인데

모두가 한 방향인데

등을 떠미는 그 누구도 보이지 않는다

앞을 향해 걷는 것이 마냥 상쾌한 것은

아무도 등을 떠밀지 않기 때문인데

마스크를 썼다고 해서 발걸음이 느릴 이유는 더욱 없다는 것인데

그것만으로도 얼마나 다행한 일이냐면서

어쩌면

지금의
나는 내가 아닐지 모른다
내 것이 아닌지 모른다
누군가
지쳐 훌훌 벗어 던진 허물
성가셔서 물리쳐버린 욕망이난망欲忘而難忘

그
풍경에 놓인 징검돌이거나
침묵의 배경일지 모른다
하루하루 견딘다는 건
본래의 나를 찾기 위한 여정에 불과한 것
습습한 햇빛 아래 줄타기 놀이인 것

사투이거나, 몸부림이거나…
사막 한가운데를 달리는 우물 속 고요이거나

박해림 _ 1996년 《시와시학》 시 등단. 2001년 서울신문, 부산일보 신춘문예 시조 당선. 1999년 《월간문학》 동시 당선. 시집 〈오래 골목〉 외 시조집 〈골목 단상〉 외 동시집 〈무릎 편지 발자국 편지〉 외 시평론집 〈한국서정시의 깊이와 지평〉, 시조평론집 〈우리시대의 시조 우리시대의 서정〉. 수주문학상, 김상옥시조문학상 수상 등.

손곡리蓀谷里에서 외 3편

양승준

타고난 시재도 없이
이제껏 욕심 하나로 외연(外緣)을 떠돌았네
노후를 함께할
시반(詩伴)도 들이지 못했고
술벗 또한 가까이 둔 적 없었네
하지만 오늘은
사백여 년 전 이곳에 머물며
한평생 치열하게 살다 간
옛 시인*의 흔적을 찾는 날,
마치 그의 마지막 날인 듯
더없이 바람 차고 하늘 낮은데
나는 얼마나 더 떠돌아야
그의 절구 같은
웅숭깊은 시 한 편 얻을 수 있을까
비록 아무것도 남지 않을
곤궁한 생애일지라도
그의 시비를 찾아온 이 길손처럼
훗날 어느 늦은 겨울날 오후
외로운 내 무덤가에
누군가 술 한 잔 올려준다면

분명 그것만으로도
내 삶은 누추하진 않을 것,
허나 나는 제 앞가림도 못하는 얼치기 시인,
그런 내가 내려놓아야 할 게 어찌 욕심뿐이랴

* 이달(李達 1539~1612) : 조선 전기 때의 시인. 원주 부론 손곡리 출생. 자는 익지(益之), 호는
  손곡(蓀谷). 당시풍(唐詩風)을 배워 백광훈 · 최경창과 함께 삼당(三唐)시인으로 일컬어졌다.

홀쭉한 배낭*

체 게바라가 살해되었을 때
그의 홀쭉한 배낭 속엔
색연필로 덧칠이 된 지도 한 장과
두 권의 비망록, 그리고
녹색 노트 한 권이 있었다지

그 낡은 노트에는
파블로 네루다를 포함한
네 명의 중남미 유명 시인들의
69편의 시가 필사되어 있었다는데

혁명가와 시, 또는
시인과 혁명
좀처럼 어울릴 것 같지 않은 이 조합이
겨울과 밤안개라는 조합만큼이나
그럴싸하게 느껴지는 오늘
문득 나도 세상을 바꾸고 싶다
세상의 모든 혁명가들처럼
시를 무기로
열망을 무기로

그러나 내 시는
과도로도 사용할 수 없을 만큼
무디고 무뎌
어떤 가슴도 벨 수 없음을
나는 안다

꿈과 현실이 마구 뒤섞여
끝없이 초라해지는 밤,
행여 뒤를 밟힌 용의자라도 된 듯
쉽게 잠이 오질 않아
발코니까지 밀려온 안개에
잠시 눈을 돌리는데
아내가 불쑥, 내 방으로 들어와
한 마디 던지고 간다
맥주 한 잔, 어때?

* 『홀쭉한 배낭』 : 체 게바라(1928~1967)가 살해되었을 때 그의 배낭 속에서 발견된 노트에 필사되어
  있던 69편의 시를 분석한 구광렬 교수의 책(2009, 실천문학사)

독감

부디 외롭지 말라고, 엊저녁
독감이 찾아와 주었습니다
콧물이 흐르고
열이 나고 목이 아프고,
두통이라도 쏟아질 때면
두개골마저 함께 흔들렸지만
모두 나를 위한 것이라 생각하였습니다

무언가 내 안에 가득 찼다는 것,
설령 그게 당신이 아니라
한낱 인플루엔자 바이러스라 하더라도
원망하거나 허망해하지 않기로 했습니다

이렇게 까마득한 어둠의 심연까지 내려와
며칠간 푹, 앓고 나면
내 몸은 꼭 그만큼 늙어 있을 테고
계절은 완전히 한겨울로 바뀌어
나는 찬바람 부는 허공을 떠다닐 것입니다

생각해보면 몸이 아픈 것도

영혼의 중심축이 어느 한쪽으로
비스듬히 기울어진 탓이 아니겠는지요
슬픔의 언저리에서 잠시 균형을 잃은 것이
낙담이 되고 고통이 되어
결국엔 독감이 들어버리는 게 아닌가 합니다

물론 아플 날은 점점 더 많아지고
외로움 또한 해마다 깊어지겠지만
지금은 시 쓰는 일에만 골똘하고 싶어
이른 새벽부터 책상 앞에 앉았습니다

화선지에 먹물이 번져나가듯
이윽고 가까운 곳에서부터
하나둘 등불이 켜지는 시간,
하루를 시작하는 저 수런거림들이
밤새 내려 쌓인 어둠을
빠른 속도로 거두어들입니다

삶이라는 게
예상치 못한 것들의 이어짐이듯

갑자기 기침이 툭하고 터집니다
한 차례 터진 기침은 연거푸 계속되고
그때마다 내 입에선
벌겋게 녹이 슨 쇠붙이 냄새가
마구 쏟아져 나옵니다

동지

오늘은 일 년 중 가장 밤이 길다는 동지,
그 긴 어둠 속으로 들어가기 전 저는
잠시 죽음에 대해 생각해 보았습니다
그곳이 아무리 멀다 해도
몇 차례 꿈길을 헤매다 보면
한순간에 새날 새아침이 밝아오듯
그곳 역시 일시에 다다르지 않겠어요
그러니 저로서는 그저
흉몽이 아니기만을 바라야겠지요
무엇보다도 제겐
처음 가보는 낯선 초행길이니까요
그래서 저는 이제부터
밤마다 좋은 꿈을 꾸는 연습을 하려고 합니다
이를테면, 교단으로 돌아가
다시 시를 가르치는 꿈
아니면 딸아이와 함께
인제 원대리 자작나무 숲을 거니는 꿈
그것도 아니라면
예쁜 손주들의 재롱을 보는 꿈을 꾸는 꿈
아, 오늘밤 저는

과연 어떤 꿈을 꾸게 될까요
이런저런 상상에 결국 잠길을 놓치고
한참을 허둥대고 있으려니
느닷없이 아내가
이렇게 말하는 것이었습니다
제발 잠 좀 자자
왜 그래? 몽유병자처럼

양승준 _ 1992년 《시와시학》 및 1998년 《열린시조》 등단. 시집으로 〈시를 위한 반성문〉 〈몸에 대한 예의〉 〈적묵의 무늬〉 외 다수가 있음. 연구서로 〈한국현대시 500선 – 이해와 감상〉 상 · 중 · 하 등이 있음. 강원문학상, 원주예술상 등 수상. 현재, 원주문인협회 고문.

그날그날의 자화상 · 1 외 5편

윤
용
선

누구의 부축을 받지 않고도
혼자 산책을 한다든지
할 일을 거침없이 하고 있는 이들은
혹 그게 당연한 것이라 여기고
이때까지 잘 따라 준 세상
고마운 줄은 알고 있기나 한지
오늘 하루는 그게 궁금했습니다

그날그날의 자화상 · 2

이제는 황홀한 꿈을 꾸며
무언가 획책해 보려 해도
몸과 마음이 잘 움직여 주질 않습니다

이 시간이 다 되도록
전화 한 통이 없는 걸 보면
자식들은 나름 많이 바쁜가 봅니다

그러니
오늘도 혼자 심심했습니다

그날그날의 자화상 · 3

병원에 들러 약국으로 가서
약을 한 보따리 받아 왔습니다

가는 곳마다 길게 줄을 서거나
번호표를 뽑아 들고 기다리는 이들이
참 많았습니다

모두들 약으로 살아간다는 그 말
어느새 내가 거기 들어가 있습니다

그날그날의 자화상 · 4

혼자서는 어쩌지 못하니까
때마다 아내를 재촉하며
그날그날의 이런저런 일을 합니다

그러면 얼굴을 맞댄 나는 기억하지만
곁에 함께 있던 아내에겐 관심도 없습니다

이렇게 한쪽만 마주 보았던 사람들이
세상 다 그렇거니 여길까 저어됩니다

그날그날의 자화상 · 5

하루는 문자를 하나 받고
울컥했습니다

내용이야 단지 안부를 묻는 것이었지만
아직도 내가 누군가의 기억 속에
잊혀지지 않고 오롯이 남아있었다는
그 사실 하나 때문에
나는 나를 다시 돌아보게 되었습니다

그래그래
늘 부끄럽지 않아야 할 텐데…

그날그날의 자화상 · 6

세상에 널린 게 허다하니
보는 것도 듣는 것도 많아서
쉽게 쉽게 누리는 게 많은 것 같습니다

그런데 가만 들여다보면
그 누리는 만큼
또 다른 허기에 시달리지 않나 싶습니다

참으로 누린다는 것은
땀과 함께 하는 일인데
모두들 그건 건성으로 여기는가 봅니다

윤용선 _ 강원 춘천 출생. 1973년 강원일보 신춘문예 등단. 시집으로 〈가을 박물관에 간히다〉〈꼭 한 번은 겨 자씨를 만나야 할 것 같다〉〈사람이 그리울 때가 있다〉〈딱딱해지는 살〉 등이 있음. 문화컴퓨니티 〈금토〉 이사장 역임. 현재, 춘천문화원 원장

얼음이 된 눈물의 꿈 외 3편

이
화
주

"난, 한 번도
눈물을 흘린 적이 없어."

큰소리치는 그 사람,
마음 온도는 영도 이하?

꽁꽁 얼어버린 눈물
누군가의 가슴에
'똑' 떨어질,
뜨거운 눈물이 되고 싶겠다.

우주여행을 보내자

전쟁을 일으킨 싸움꾼 대장
우주여행을 보내자.

우주선에 태워
355일간 우주에 머물며
지구궤도 5680번쯤 돌게 하자.

우주여행을 끝내고
지구에 귀환해서도
또 싸우려 한다면?

그 사람은 사람이 아니다.

겨울에 띄우는 편지

오늘도
딱새 한 마리
겨울 숲 빈 가지에 앉아
노래 편지를 띄운다.

겨울과 봄 사이
그 어딘가에 있는 나무의 꿈나라
그곳까지 딱새의 편지는 전해질 수 있을까?

궁금하지. 기다려봐.

딱새가
이 겨울을 견디는 건
기다림 때문이란다.

봄날 나무가
가슴속에서 꺼내 놓을
향기로운 답장.

하늘의 커다란 귀가 보인다

겨울 숲에 가면
빈 가지 사이로
하늘의 커다란 귀가 보인다.
겨울나무, 소리 없는 기도를 듣고 있는

이화주 _ 1982년 강원일보 신춘문예에 동시 「여름밤」과 아동문학평론에 동시 「나뭇잎」으로 문단에 나옴. 저서로는 〈내 별 잘 있나요〉 외 여러 권의 동시집과 동화, 그림책이 있으며 윤석중 문학상을 받음.

무덤 외 4편

이곳은 이승의 마지막 휴게공간
날마다 춥고 축축이 젖은 자를 부른다

눈보라 치는 날에도 하나 춥지 않다
폭풍우 치는 날에도 하나 젖지 않는다

임
동
윤

덤불

좁다란 공간에 깃드는 따스함
새들의 마을회관인 덤불 속으로 모여드는
새들, 허공에서 돌아오는 날갯짓 환하고
덤불 가득 쏟아지는 활시위 새소리
오래 막혔던 가슴이 뜨겁게 열린다

얼음장 밑인데도 꼬리지느러미 날렵한
물고기들, 봄날을 아가미 가득 물고 있다
누가 겨울은 참혹하다 했나,
이 덤불 속은 군불 지핀 아랫목
지저귐으로 귀가 따갑다 못해 먹먹하다
귀 닳은 나무들도 기웃기웃 엿보는

허술한 움막이지만 봄빛 반짝거리고
펑펑 눈 내려 한결 넉넉해진 강변
소리 없이 피어오르는 안개, 마른 찔레 넝쿨
신생아실 아기 울음처럼 연둣빛 물드는데
좁다란 덤불 안으로
허공을 떠돈 새들 또 날아들고 있고

코로나 장례

예기치 않게 멈춰진 시간을 싸매듯
차가운 비닐에 친친 동여 메인 주검
조문객 없이 유족들만 멀찌감치 바라보고 섰다
접근금지!
얼굴도 팔다리도 없이 주검만 누워있다
운구되는 관을 잡아보지도 못하고
멀거니 따라가는 발걸음만 천근만근 무겁다
메마른 울음이 이리저리 왔다 갔다 하며
밀물처럼 밀려왔다가 썰물처럼 빠져나간다
안으로 고인 울음은 침묵처럼 잠겨 있다가
때때로 폭포처럼 와르르 쏟아지기도 한다
가뭄에 쩍쩍 갈라진 답답한 가슴이
흰 천으로 싸인 주검이
그 어떤 울음도 허락되지 않는다는 듯
염습 없이 관속으로 들어간다
오직 복면의 얼굴로 관속 누웠으므로
저 주검은 고통도 들킬 일이 없을 것이다
욕망도 눈물도 벗어던진 초라한 죽음
장례지도사가 가볍게 한 주검을 운구차에 싣는다
저 주검은 고요하고 냄새조차 없다

지삿개 주상절리

푸른 근육의 백 척 거구 사내들이 산다
종일 바닷물에 맨몸 씻는 일이라면 나는 그만하겠다

육각의 돌기둥에선 언제나 바람 소리 들린다
소금기에 정신 헹구는 곧은 숨결은 어느 장인의 것인지
저 단단한 가슴 어디쯤 활화산의 마그마가 숨어있을 터
들끓는 분노를 안으로만 꾹꾹 쟁여놓았을 터

직립하는 것들은 구부러지는 것을 용납할 수 없다는 듯이
시린 물살에 귀를 씻으면서도 제 자리를 떠나지 않는다
병풍처럼 그 어떤 어둠도 침범해서는 안 된다는 듯
거칠게 파도와 맞서는 저 기둥들, 층층의 석탑들…
어쩌면 입과 코와 귀가 닳은 부처가 될 수도 있겠다

바람에 쉽사리 허리 조아리는 것들은 죄다 사라져갔지만
나는 새삼 여기서 허리 부러뜨릴지언정
돌기둥 같은, 저 금강송 꼿꼿한 내력을 떠올려본다

흘러가는 것들까지 단숨에 잡아 가두는 저 돌기둥
거친 물세례에 앞에서도 거침이 없는 검푸른 근육의

건강한 입김, 나는 보디빌더 사내들의 커다란 체형을 읽는다

다시 물보라가 치면서 감춰졌던 돌기둥이 반짝 열린다
나는 구부렸던 허리를 꼿꼿이 펴본다
파도에 씻긴 몸들이 나를 바라보면서
서 봐, 한번 혼자 서봐! 칼날처럼 외쳐대고 있다

자정에 대하여

때죽나무 가지 사이를
흔들고 오는, 만질 수도
냄새 맡을 수도 없는 너는
허무의 경계

비어 있으나 비어 있지 않은
저 푸른 허공의 꽃
때죽나무 잎새와 잎새 사이
푸르게 씻겨서 떠오르는 보름 달덩이

저 별들을 때죽나무 숲으로 끌어당기는
눈 감아도 선연히 떠오르는
그런 흔적으로 다가서는 밤

임동윤 _ 1968년 강원일보 신춘문예 시 당선으로 등단. 시집으로 〈연어의 말〉 〈아가리〉 〈편자의 시간〉 〈사람이 그리운 날〉 〈따뜻한 바깥〉 〈함박나무 가지에 걸린 봄날〉 〈고요의 그늘〉 등 13권 녹색문학상, 수주문학상, 김만 중 문학상 등 수상.

봄 들어오는 날 외 4편

정 주 연

황사 낀 햇살이 지붕 위를 넘어
뒷마당을 넘겨보는 아침나절
대형트럭이 퇴비 배달을 왔다.

"길가에 부려놓지 말고 마당 밭 가에 좀 쌓아 주세요."
나는 강아지처럼 이리저리 왔다 갔다 참견을 한다.
"왜 혼자예요? 힘들겠네."
"괜찮습니다."
덩치에 어울리는 점잖은 대답
"커피 한 잔 드릴까?"
갑자기 수다스러운 할머니 근성이 슬몃 고개를 든다

경비견 볼트 녀석은 시종 수상쩍다고
꼬리를 치켜들고 예의주시 중인데
어느새 독기 빠진 바람은
첩 년 눈꼬리 같다고 했던가

푸근해지는 마음 한쪽 문으로
울 집에 봄 들어오는 날이다.

녹색 독재자

오솔길을 가리고
성큼성큼 앞마당으로 걸어 들어온 녹음

저 푸르름 속엔 어떤 밀서를 숨기고 있는지
앞다퉈 밀어닥칠 무혈 무죄한 낙원의(남국) 세력
그 짙푸른 독재를 환영합니다

새와 바람의 신호도
지는 해도 이미 결심을 굳혔으니
작열하는 저 햇살의 절대 응원을 누가 막을 수 있겠나요
곧이어 장미와 해바라기꽃 밀사가 뜨거운 인사를 나누면
성세를 자랑할 여름에겐
안티도 어떤 댓글도 다는 이가 없겠지요
세금 고지도 없어요

봄꽃들이 지나간 성난 풀밭을 점령한
아무도 가난한 이가 없는
공평한 여름의 통치술
그래도 마법은 없었노라고
神들도 손을 놓고 느긋이 창조물을 즐기고 있다

사랑해요
여름을~~

느티나무

사시사철 언제 바라봐도
말없이 믿음직스러운 저 나무

아마도 내가 이 집으로 이사를 오게 된 것은
이 나무의 부름이 아니었을까?
세상에 보호자가 없는 내 모습이 염려스럽다고
마당 끝 대문 도로변에서
오고 가는 길손을, 온 동네를 다 품고 있다
늘 긴 팔을 너울대다가 눈이 마주치면 싱긋이 웃는
내 남자

젊은 느티나무가 아니어서
이제 그리운 비누 냄새는 나지 않지만
가지의 길이만큼 뿌리의 깊이만큼
넓은 품을 내주고 있다

별 품이 없는
내 가슴에는 두 사람도 아니 단 한 사람도
깊이 안아줄 품이 없는 걸 알면서도
결코 나무람이 없는 쓰라린 인내의 쉼터

말없이 기다려 주는
언제나 그 자리에 있어 주는 저 나무의 품

푸르르다가 자색으로 마르다가 앙상해지면서도
눈보라 삭풍을 안는다
누구에게나 어디서나 품이 되어주기 위해 살아있는
저 느티나무
그 때문에 그래서 나는 이 집을 떠나지 못하고 있나 보다.

오디 따는 아침

새들이 출근하기 전
검붉은 오디즙에 손바닥을 흥건히 적시며
요리조리 가지를 헤쳐 오디를 따는 아침

허기를 채운 풍족한 마음이
달콤한 뽕나무 젖꼭지를 물고 되돌아서는데
이름 모를 산새 두 마리 푸드득
한발 늦었다고 날아오르더니
곧이어 몇 마린지의 새들이 몰려와
이럴 수 있느냐고 시끌시끌하다

부엌 창문을 열고 내가 한마디
"얘들아, 그 나무 내가 심었거든 너들이 뭘 했다고~~ "
그러자 새들이 정색을 하고 두 마디 날린다
"너가 주인 아니거든
우린 심지도 가꾸지 않아도 자유롭게 먹을 권리 있다고~~"

지들은 고수고 나는 하수라고 조롱을 하는데
숲 사이 지름길로 떠오른
아침 해가 내려다보며 싱긋이 웃고 있다

붉은 사구(沙丘)

흰 모래강변을 뛰어놀 때
모래는 다 하얗고 때로 금처럼 반짝이는 줄로만 알았었다

베트남과 캄보디아 국경 지역 어디
붉은 모래 언덕

손에 쥐면 빨간 물이 들 것 같은
누구의 붉은 마음에서
얼마나 붉은 눈매로 오래 울어왔기에
저렇게 쌓인 붉은 사구(沙丘)

발자국마다 걷는 이의 영혼이 또렷이 찍혀
천년 전생의 길을 열고 있다.

정주연 _ 2001년 평화신문 신춘문예 등단. 시집으로 〈그리워하는 사람들만이〉 〈하늘 시간표에 때가 이르면〉 〈선인장 화분 속의 사랑〉 〈붉은 나무〉가 있음. 강원문학작가상, 춘천여성문학상, 강원여성문학우수상 수상. 한국시인협회, 가톨릭문인회 회원, 강원문인협회 이사, 강원여성문학인회 이사, 춘천문인협회 전 부회장, 심악시동인

우 빤야 사야도 스님 <small>외 4편</small>

최
돈
선

그는
몸매가 호리호리했다.
오렌지 승복을 입은 그 모습이 미얀마 스님 똑 닮았다.
말은 조용하나 물이 흐르는 듯했다.
천천히 걸어가는 뒷모습이 훌훌 구름 같았다.
월정사 혜천惠濬 스님,
어느 날 혜천 스님은
미얀마로 수행의 길을 떠났다.
그리고 우 빤야 사야도 스님으로 돌아와
두로령을 넘고 있었다.
혜천이면서 우 빤야 사야도 스님
해맑은 소년의 음성으로 그가 말했다.
이 길은 제가 어렸을 때 넘던 길이지요.
더운 날에도 산골짜기 물이 아주 찼어요.
열목어 오르는 계곡물에
몸 담그고 구름 보면
아무 생각도 나지 않았어요.
나는 일행들과 떨어져 있었지만
스님이 이야기하는 소리를 다 들었다.
나는 그 이야기를 내 마음의 녹음기에 몰래 담았다.

가는 길에 붉은 병꽃이 길손에게 인사했다.
분홍철쭉이 무더기로 모여
수줍은 듯 덩달아 인사했다.
곁에 누워있는 고사목은 늙은 스님 같았다.
열반한 지 몇 겁이 지난 듯했다.
온통 연두색뿐인 산등성이 저쪽, 파도의 녹색구비가
푸른 하늘 끝까지 넘실거렸다.
풀잎과 바람, 나무와 나무 사이로
여우 우는 소리가 낮게 들렸다.
거제수나무가 팔만대장경을 한 정 한 장 펼치고 있었다.
두로령 고갯마루엔 미처 넘지 못한 구름이
잠시 땀을 들이는 중이었다.
스님은 이미 고개를 넘은 듯했다.
상원사 종이 울리려면 아직 멀었다.
사시나무를 훑으며 안개비가 지나갔다.
뒤돌아보니 두로령엔
구름 없는 텅 빈 하늘만이 고즈넉이 걸려 있었다.

저기 저 산

어머니이

환히
불러보고 싶은

짙푸른
저 산

푸른 시름

꽃 피고 새잎 돋으니
온갖 세속 시름 다 푸르다

그 교회에 가고 싶다

어린 시절 집 근처 예배당에서 늘 울려오던
종소리가 듣고 싶다.
댕그랑 댕그랑, 단조롭고 맑은 그 소리

여름성경학교 벽에 붙어있던 내 이름 석 자
그 위에 주렁주렁 매달린 포도송이가 보고 싶다.
한 아이가 한 아이를 데리고 교회당에 오면
교회당 벽엔
보랏빛 포도송이가 한 알씩 달리곤 했었다.

여름날 교회 마당 미루나무 숲에선
매미들이 요란히 울어댔다.
구름이 지나다 그 소릴 듣고
흠, 은비 한 줄기 시원히 쏟아주었다.
그러면 낮은 풍금 소리 창문을 타고 멀리 갔다.
아이들 노랫소리, 구름 속에서 재잘거렸다.
덩달아 지붕을 두드리는 빗방울 악보
저마다 제멋대로 엉터리였지만
우리 모두, 늘 신이 났다.

섬

끝
이라고 쓰고
마침표를 콕 찍었더니
그만
섬이 되고 마는군

최돈선 _ 1969년 강원일보 신춘문예 시 「봄밤의 눈」 당선. 1970년 《월간문학》 시 등단. 시집으로 〈칠 년의 기다림과 일곱 날의 생〉 〈허수아비 사랑〉 〈물의 도시〉 〈사람이 애인이다〉 외 다수.

혼났다는 말 외 4편

한
기
옥

오늘 혼났지?
전화해
별말 없이 끊은
수화기 속 남편 목소리
오래도록 귓바퀴 안에서 웅웅댄다

어느 먼 데를 떠돌다
이토록 다 늦은 생의 저녁나절
내게 왔을까
짧은 듯 끝 간 데 없이 긴 말
힘들었지,
내가 다 알아,
참아줘 고마워...
한 끈에 달려 나오는 젖은 문장들

생각해보니

내게 당도해 오래전부터 당신께 가길 원하고 있었을
그 말들의 길목을 내가
절벽처럼 막고 살았던 건 아니었나

내 안에 가두고 있던
먼지 낀 그 말
후후 불어
뽀득하게 닦아 보는 어스름 녘

나 라는 깜깜한 행성에 불시착해
꾹꾹 아픔 삭이며
어쩌면
수십 년
죽은 듯 견뎠을지 모를
그대, 그대들

혼났지?

앵두나무에게 배우다

안골 김시창 씨네 앵두나무
바람에 우네

윗집에서 준 나무야요
이맘때면 열매 수두룩할 텐데
이파리마다 누렇고
꽃이 안 피네
올봄 윗집 홍씨 돌아간 걸 아는 모양이라고
김시창씨 귀띔하네

걸러지지 않은 채
내 안에서 걸어나간
무수한
말들과
이게 시입네
흘려보낸 익지 못한 감정들

앵두나무 숲에서 걸어 나와
뒷덜미를 잡네

발걸음에
집채만 한 돌을 달아
나무 곁에 앉히네

주제넘게 배나무 가지를

소스라치는
배나무 가지에 대고
또 같잖게 말한다

지금
가위질을 멈춘다면
넌 해마다 쥐똥만 한 열매들이나 올망졸망 달고
그게 네 꿈의 끄트머리인 양 착각할 거고
네 의지 바깥으로 뻗어 나간 잔가지 속에 묻혀
밤늦도록
뒤척이게 될 거야

반 뼘짜리 행복에
어수룩하게 갇혀버릴 텐데
괜찮겠어?
철모르고 비어져 나오려는 눈물일랑
어리버리 딱정벌레에게나 줘 버려

손주 아이에게 우리 둘의 이야길
들려주려고 해

널 궁금해하면
매년 이맘때쯤 네 모습을 보러
안골에 오라고 새끼손가락 걸어야지...

그냥 내버려 달라는 배나무 가지를
주제넘게
또 쳐낸다

사과처럼 발그레해진 얼굴에 감춰진

똑똑하고 씩씩하고 멋있는 기선이라고 말하는 거야

앞에 나가 네 소개해볼래? 했더니
그 아이 떨리는 목소리로
난 똑똑하고 멋있고...
잠깐 머뭇대다
행.
복.
한.
이기선입니다...
말하고 자리에 앉는 거다

세상에 온 지 오 년밖에 안 된 네가
행복을 알아?
가르쳐 준 적도 없는데?

아침 햇살 받은 은백양잎들이
얼굴 가득 반짝거리는 그 아이 앞에서
나 개미만큼 작아진다

조그만 것들에 눈 맞추세요
작은 일에 기뻐하세요...
그 아이 사과처럼 발그레해진 얼굴에 감춰진
그 다음 문장 더 읽을 수 없다

생각해보니
주제넘게
커 보이고 높아 보이려고
잘나 보이려고
까치발 들고
억지 부린 날들이
내 안에서 흠집을 내고 생채기를 만들고
행복을 밖으로 내몰았다

장날

나라가 망해가는 걸 볼 수 있겠습니까, 여러분
유세차량 옆에서
꽃집 남자가
제라늄 화분에 물을 준다

난 다만 내가 만지는 애들이 꽃망울 터뜨려
세상을 한 뼘쯤 환하게 해줬으면 좋겠어요
나머진 허황된 꿈같아요

한 포기 사 들고 나오려는데
남자 또 한마디 한다

번지름한 도자기 분에 심지 마세요
사람 욕망일 뿐 그게 화초에 도움이 안 돼요
도자기는 숨구멍이 좁고 화분 벽이 두꺼워 견디다 끝내 죽어요
볼품없지만 가볍고 구멍 숭숭 난 플라스틱 화분을 좋아해요
애들이 뭘 좋아하는지 살피는 게
내겐 좋은 나라 만드는 일이죠

시장을 통으로 삼킬 듯 쿵쾅거리며

나라와 국민을 수없이 들먹거리는 사람들 곁에서
남자는 눈길 한 번 주지 않고
칼랑코에 율마 바이올렛 히아신스...
작고 앙증맞은 것들을 차례차례 어루만진다

이 땅에 사는 풀포기 같고
제라늄 꽃송이 같은 게
국민이라고 난 생각해요
여기 시장 구경 나온 화초 같은 사람들이
어지러워하면 이제 그만 둬야 하는 거 아닐까요
생각할 시간 주는 게 국민 위하는 일 아닐까요

꽃가게 남자를 대통령으로 뽑은 화초들이
발광하는 사람들을 물끄러미 바라보고 있다
도자기 화분 그만 팔라고
목소리 큰 남자를 뚫어지게 보고 있다

한기옥 _ 1960년 홍천 출생 춘천교대 졸업. 2003년 《문학세계》 등단. 시집으로 〈안개 소나타〉 〈세상 사람 다 부르는 아무개 말고〉 〈안골〉이 있음. 원주문학상, 강원작가상 수상. 원주문협, 강원문협, 수향시 동인.

느린 시간 외 2편

허

림

이맘때면 무도 알이 찬다

서리 내린다고 무밭 멍석 덮어 놓고
조선무 서너 개 뽑아 들어와 무장국 끓인다

쌀뜨물 한 바가지 솥에 붓고
막장에 멸치 한 줌 휘휘 저어 풀고
숭덩숭덩 무 뻐져 화리불에 올려놓는다

저문 하늘에 초승달과 별 하나 총명해진다

무 두개 채 쳐 소금과 마늘과 당파 고춧가루 버무려 두리
반에 올리고
무름해진 무장국 한 솥 올려놓는다

서산마루 초생달 허기진 저녁

나는 채짠지에 고추장에 참기름 한숟가락
한대접 비벼 툇마루에 걸터앉아

비수같은 초승달
산 뒤로 숨기는 걸 본다

어떤 사랑은 기억나지 않는 게 좋았다

기억이 돌아왔다고 했지만
꼭 기억해야할 기억은 돌아오지 않았다

한번 더듬어봐요 찬찬히 그때 그사람이 누구였는지

눈까풀이 떨리는 것 같더니
아 몰라 머리 아파 아무것도 기억나지 않아 그만

일부러 기억하려 않는 건지 기억나는데 모른 척 하는 건지
종잡을 수 없는 기억과 기억 사이

그 겨울에 먹던 조풍내이 먹고 싶다 안나
달기자반이나 뭉생이 해오라지 안나
땅콩엿 고라고 하지 안나 원

못먹고 죽은 구신이 들렸는지
쇠터울 안씨댁은 굿 한번 해보라고 다녀가고

기억나면 뭘 어쩌자는 걸까

눈 내리면 길 지워지듯
어떤 사랑은 기억나지 않는 게 좋았다

나그네별

어디든
선계로 가는 길목

살아선 갈 수 없어도

그대
먼저 간 밤하늘 본다

신선놀음은 할만 하니

행복 때문에
아프고 많이 늙었다

허 림 _ 홍천에서 태어나 강원일보 신춘문예에 시가 당선되어 지금까지 글을 써오고 있다. 시집으로 〈거기 내면〉 〈누구도 모르는 저쪽〉 〈골말 산지당골 대장간에서 제누리먹다〉 외 여러 권과 산문집으로 〈보내지 않았는데 벌써 갔네〉가 있다.

【표현시 동인 주소록(2022년 9월 현재)】

이름	주 소	연락처/이메일
김남극	강원도 평창군 봉평면 기풍4길 27-6 봉평고등학교 교무실 (우-25303)	010-2274-1961 namkeek@hanmail.net
김순실	강원도 춘천시 퇴계로 220-20 (현대아파트) 301동 1204호. (우-24391)	010-2428-5534 biya5534@hanmail.net
김창균	강원도 고성군 토성면 용원로 548-16 (원암리 18번지) (우-24768)	010-3846-1239 muin100@hanmail.net
박민수	강원도 춘천시 우두강둘길 23길 (코아루아파트) 117동 802호. (우-24229)	010-5362-6105 bag676089@gmail.com
박해림	강원도 춘천시 충혼길 20번길 4 도서출판 《소금북》 (우-24436)	010-9263-5084 haelim21@hanmail.net
양승준	강원도 원주시 모란1길 86 (한라비발디) 109동 1302호. (우-26406)	010-5578-8722 oldcamel@hanmail.net
윤용선	강원도 춘천시 안마산로 133 (한숲시티) 115동 2301호. (우-24448)	010-4217-3079 4you1009@hanmail.net
이화주	강원도 춘천시 우석로 101번길 86 (대우아파트) 107동 1402호. (우-24318)	010-8605-5099 cchosu@hanmail.net
임동윤	강원도 춘천시 충혼길 20번길 4 (1층) 계간 《시와소금》 (우-24436)	010-5211-1195 ltomas21@hanmail.net
정주연	강원도 춘천시 동내면 원창고개길 123-15 (학곡리) (우-24408)	010-8901-1720 jyjune@hanmail.net
최돈선	강원도 춘천시 세실로 173 (세경아파트) 409동 505호. (우-24310)	010-2844-6126 mowol@naver.com
한기옥	강원도 원주시 남산로 103 (삼성아파트) 1동 1402호. (우-26434)	010-9650-0304 eunhasu34@hanmail.net
허 림	강원도 홍천군 내면 가덕길 22 (광원리, 지당아랫집) (우-25170)	010-2282-7749 gjfla28@hanmail.net
황미라	강원도 춘천시 서부대성로 332 (청구아파트) 101동 1603호. (우-24316)	010-2395-7385 hmrf89@daum.net

시와소금 시인선 146

꽃사과나무 그늘 아래의 일
ⓒ표현시동인회, 2022. printed in Seoul, Korea

초판 1쇄 인쇄 2022년 08월 25일
초판 1쇄 발행 2022년 08월 30일

지은이 표현시동인회
펴낸이 임세한
디자인 유재미 정지은
펴낸곳 시와소금
등록번호 제424호
등록일자 2014년 1월 28일
발행 강원 춘천시 충혼길20번길 4, 1층 (우-24436)
편집 서울시 중구 퇴계로50길 43-7 (우-04618)
팩스겸용 (033)251-1195, 010-5211-1195
이메일 sisogum@hanmail.net
다음카페 https://cafe.daum.net/poemundertree

ISBN 979-11-6325-049-4 03810

값 12,000원

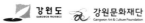

· 이 시집은 강원도 강원문화재단의 후원으로 발간되었습니다.